소중한 ______________ 님께

한 편의 시가 반짝이는 보석처럼 소중한

인생의 길잡이가 되기를 바랍니다

______________ 드림

손으로 직접 쓰는

진달래꽃

북오션은 책에 관한 아이디어와 원고를 설레는 마음으로 기다리고 있습니다. 책으로 만들고 싶은 아이디어가 있는 분은 이메일(bookrose@naver.com)로 간단한 개요와 취지, 연락처 등을 보내주세요. 머뭇거리지 말고 문을 두드리세요. 길이 열릴 것입니다.

손으로 직접 쓰는

진달래꽃

초판 1쇄 인쇄 | 2016년 3월 11일
초판 1쇄 발행 | 2016년 3월 18일

지은이 | 김소월
펴낸이 | 박영욱
펴낸곳 | (주)북오션

편　집 | 권희중 · 이동원
마케팅 | 최석진 · 임동건
표지 및 본문 디자인 | 서정희 · 심재원
세무자문 | 세무법인 한울 대표 세무사 정석길(02-6220-6100)

주　소 | 서울시 마포구 서교동 468-2
이메일 | bookrose@naver.com
페이스북 | facebook.com/bookocean21
블로그 | blog.naver.com/bookocean
전　화 | 편집문의: 02-325-9172　　영업문의: 02-322-6709
팩　스 | 02-3143-3964

출판신고번호 | 제313-2007-000197호

ISBN 978-89-6799-255-2 (03810)

이 도서의 국립중앙도서관 출판예정도서목록(CIP)은 서지정보유통지원시스템 홈페이지(http://seoji.nl.go.kr)와 국가자료공동목록시스템 (http://www.nl.go.kr/kolisnet)에서 이용하실 수 있습니다.
(CIP제어번호: CIP2016002815)

손으로 직접 쓰는

진달래꽃

김소월 지음 | 편집부 엮음

북오션

한국인의 서정을 노래한 시인, 김소월

한국인이 가장 사랑하는 시인 김소월. 우리나라의 가장 대표적인 서정시인으로 인정받고 있는 김소월은 한 시 전문지에서 시인과 평론가들을 대상으로 '20세기 가장 위대한 시인' 열 명을 선정하는 설문에서 첫 번째로 뽑힌 적이 있다. 또한, 그의 시들은 최근까지도 계속해서 노래로 만들어지고 있다. 때로는 가곡의 가사가 되기도 하고, 대중음악에 이용되기도 한다. 김소월의 시를 바탕으로 그의 삶을 노래와 연기로 표현한 공연도 있었다.

이처럼 시와 평론의 전문가들은 물론 일반 대중들에게도 김소월의 시들이 현재까지 '생명력'을 유지할 수 있는 이유는 과연 무엇일까?

"나 보기가 역겨워 가실 때에는
말없이 고이 보내드리오리다.
영변에 약산 진달래꽃
아름 따다 가실 길에 뿌리오리다. ……"

김소월의 '진달래꽃' 중에서

김소월의 대표적인 시 〈진달래꽃〉은 이별이 처절한 만큼 절제된 감정으로 표현되었다. 특별한 시어나 화려한 기교보다 강한 그의 진정한 매력이 담겨있다. 또 〈산유화〉, 〈님의 노래〉, 〈초혼〉 등의 시들은 일제강점기 끊임없이 상실의 아픔을 겪게 되는 우리 민족사 전반에 걸쳐 폭

넓은 공감대를 형성하였다. 당대의 사람들에게만 공감을 준 것이 아니라 오늘날의 독자들에게도 감동을 일으키는 보편적인 정서를 지니고 있는 탓에 '국민 애송시'의 자리를 확보하고 있는 것이다.

김소월의 시는 한국인의 정과 한을 담아낸 서정시다. 그 정과 한은 전통적인 한국인의 심성에 녹아 있는 이별, 그리움, 님에 대한 한없는 기울어짐 같은 정서이다. 또한, 그의 시는 일반 대중들이 사용하는 일상어에 기초를 두고 있어 누구나 시에 대한 거리감을 느끼지 않게 하는 특징이 있다. 33년의 짧았던 김소월의 삶에 대해서는 오해와 억측이 난무하다. 오롯이 남은 것은 그의 시뿐이다. 그가 생전에 남긴 단 한 권의 시집인 《진달래꽃》은 수많은 출판사에서 거듭 발간되었으며 시대를 뛰어넘어 오늘날까지 많은 사랑을 받고 있다.

《손으로 직접 쓰는 진달래꽃》은 그가 생전에 남겼던 주옥같은 시들을 독자들도 꼭 한번 '손글씨'로 직접 써보길 바라는 마음으로 엄선한 97편의 시를 옮겨 담았다. 책을 펼쳤을 때 왼쪽 페이지에는 시의 원문을 싣고, 오른쪽 페이지에는 각기 다른 감성적인 디자인의 필기 공간을 두어 독자들이 시를 읽으면서 자연스럽게 '손글씨'를 쓸 수 있도록 구성하였다.

한국인의 애송시인 〈진달래꽃〉을 비롯해 〈초혼〉, 〈산유화〉, 〈엄마야 누나야〉 등 그의 아름다운 시어를 한 자 한 자 '손글씨'로 직접 쓰다보면 그동안 독자들이 놓치기 쉬웠던 김소월 시의 새로운 면모와 진가를 확인할 수 있을 것이다.

2016년 3월

북오션 편집부

| 차례 |

진달래꽃

나 보기가 역겨워
가실 때에는
말없이 고이 보내드리오리다

영변에 약산
진달래꽃
아름 따다 가실 길에 뿌리오리다

가시는 걸음걸음
놓인 그 꽃을
사뿐히 즈려밟고 가시옵소서

나 보기가 역겨워
가실 때에는
죽어도 아니 눈물 흘리오리다

11

진달래꽃

해가 산마루에 저물어도

해가 산마루에 저물어도
내게 두고는 당신 때문에 저뭅니다.

해가 산마루에 올라와도
내게 두고는 당신 때문에 밝은 아침이라고 할 것입니다.

땅이 꺼져도 하늘이 무너져도
내게 두고는 끝까지 모두다 당신 때문에 있습니다.

다시는, 나의 이러한 맘뿐은, 때가 되면,
그림자같이 당신한테로 가오리다.

오오, 나의 애인이었던 당신이여.

개여울

당신은 무슨 일로

그리합니까?

홀로이 개여울에 주저앉아서

파릇한 풀포기가

돋아 나오고

잔물은 봄바람에 헤적일 때에

가도 아주 가지는

않노라시던

그러한 약속이 있었겠지요

15

개여울

날마다 개여울에

나와 앉아서

하염없이 무엇을 생각합니다

가도 아주 가지는

않노라심은*

굳이 잊지 말라는 부탁인지요

• 않노라심은 : '않노라'와 '하심은'의 융합형.

17

개여울

님의 말씀

세월이 물과 같이 흐른 두 달은
길어둔 독엣물도 찌었지마는
가면서 함께 가자 하던 말씀은
살아서 살을 맞는 표적이외다

봄풀은 봄이 되면 돋아나지만
나무는 밑그루를 꺾은 셈이요
새라면 두 죽지가 상(傷)한 셈이라
내 몸에 꽃필 날은 다시 없구나

님의 말씀

밤마다 닭 소리라 날이 첫 시(時)면
당신의 넋맞이로 나가볼 때요
그믐에 지는 달이 산에 걸리면
당신의 길신가리 차릴 때외다

세월은 물과 같이 흘러가지만
가면서 함께 가자 하던 말씀은
당신을 아주 잊은 말씀이지만
죽기 전 또 못 잊을 말씀이외다

금(金)잔디

잔디,

잔디,

금잔디,

심심산천에 붙는 불은

가신 님 무덤가에 금잔디.

봄이 왔네, 봄빛이 왔네.

버드나무 끝에도 실가지에.

봄빛이 왔네, 봄날이 왔네.

심심산천에도 금잔디에.

23

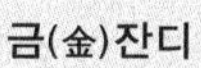

금(金)잔디

저녁때

마소의 무리와 사람들은 돌아들고, 적적히 빈 들에,
악머구리 소리 우거져라.
푸른 하늘은 더욱 낮추, 먼 산 비탈길 어둔데
우뚝우뚝한 드높은 나무, 잘 새도 깃들어라.

볼수록 넓은 벌의
물빛을 물끄러미 들여다보며
고개 수그리고 박은 듯이 홀로 서서
긴 한숨을 짓느냐. 왜 이다지!

온 것을 아주 잊었어라, 깊은 밤 예서 함께
몸이 생각에 가볍고, 맘이 더 높이 떠오를 때.
문득, 멀지 않은 갈숲 새로
별빛이 솟구어라.

25

저녁때

못 잊어

못 잊어 생각이 나겠지요,
그런대로 한세상 지내시구려,
사노라면 잊힐 날 있으리다.

못 잊어 생각이 나겠지요,
그런대로 세월만 가라시구려,
못 잊어도 더러는 잊히오리다.

그러나 또 한편 이렇지요,
"그리워 살뜰히 못 잊는데,
어쩌면 생각이 떠지나요?"

27

못 잊어

나는 세상 모르고 살았노라

"가고 오지 못한다"는 말을
철없던 내 귀로 들었노라.
만수산을 올라서서
옛날에 갈라선 그 내 님도
오늘날 뵈올 수 있었으면.

나는 세상 모르고 살았노라,
고락에 겨운 입술로는
같은 말도 조금 더 영리하게
말하게도 지금은 되었건만.
오히려 세상 모르고 살았으면!

"돌아서면 무심타"는 말이
그 무슨 뜻인 줄을 알았으랴.
제석산 붙는 불은 옛날에 갈라선 그 내 님의
무덤에 풀이라도 태웠으면!

29

나는 세상 모르고 살았노라

눈물이 수르르 흘러납니다

눈물이 수르르 흘러납니다,
당신이 하도 못 잊게 그리워서
그리 눈물이 수르르 흘러납니다.

잊히지도 않는 그 사람은
아주나 내버린 것이 아닌데도,
눈물이 수르르 흘러납니다.

가뜩이나 설운 맘이
떠나지 못할 운(運)에 떠난 것도 같아서
생각하면 눈물이 수르르 흘러납니다.

눈물이 수르르 흘러납니다

봄비

어룰 없이[*] 지는 꽃은 가는 봄인데

어룰 없이 오는 비에 봄은 울어라.

서럽다 이 나의 가슴속에는!

보라, 높은 구름, 나무의 푸릇한 가지.

그러나 해 늦으니 어스름인가.

애달피 고운 비는 그어[**] 오지만

내 몸은 꽃자리에 주저앉아 우노라.

• 어룰 없이 : '어룰'은 얼굴과 대응하는 평안 방언이다. '어룰 없이'는 '얼굴 없이'의 뜻이나 문맥상 '덧없이'라고 해석할 수 있다.

•• 그어 : 그쳐. 그치다. 멈추다.

33

봄비

봄밤

실버드나무의 거무스레한 머리결인 낡은 가지에
제비의 넓은 깃나래의 감색 치마에
술집의 창 옆에, 보아라, 봄이 앉았지 않는가.

소리도 없이 바람은 불며, 울며, 한숨지어라
아무런 줄도 없이 섧고 그리운 새카만 봄밤
보드라운 습기는 떠돌며 땅을 덮어라.

반달

희멀끔하여 떠돈다, 하늘 위에,
빛 죽은 반달이 언제 올랐나!
바람은 나온다, 저녁은 춥구나,
흰 물가엔 뚜렷이 해가 드누나.

어두컴컴한 풀 없는 들은
찬 안개 위로 떠 흐른다.
아, 겨울은 깊었다, 내 몸에는,
가슴이 무너져 내려앉는 이 설움아!

가는 님은 가슴에 사랑까지 없애고 가고
젊음은 늙음으로 바뀌어 든다.
들가시나무의 밤드는 검은 가지
잎새들만 저녁 빛에 희그무레히 꽃 지듯 한다.

애모

왜 아니 오시나요.
영창에는 달빛, 매화꽃이
그림자는 산란히 휘젓는데.
아이. 눈 꽉 감고 요대로 잠을 들자.

저 멀리 들리는 것!
봄철의 밀물 소리
물나라의 영롱한 구중궁궐, 궁궐의 오요한 곳,
잠 못 드는 용녀의 춤과 노래, 봄철의 밀물 소리.

어두운 가슴속의 구석구석……
환연한 거울 속에, 봄 구름 잠긴 곳에,
소슬비 내리며, 달무리 둘려라.
이토록 왜 아니 오시나요. 왜 아니 오시나요.

39

애모

접동새

접동

접동

아우래비 접동

진두강 가람가에 살던 누나는

진두강 앞마을에

와서 웁니다

옛날, 우리나라

먼 뒤쪽의

진두강 가람가에 살던 누나는

의붓어미 시샘에 죽었습니다

누나라고 불러보랴
오오 불설워
시새움에 몸이 죽은 우리 누나는
죽어서 접동새가 되었습니다

아홉이나 남아 되던 오랩 동생을
죽어서도 못 잊어 차마 못 잊어
야삼경 남 다 자는 밤이 깊으면
이 산 저 산 옮아가며 슬피 웁니다

자나 깨나 앉으나 서나

자나 깨나 앉으나 서나
그림자 같은 벗 하나가 내게 있었습니다.

그러나, 우리는 얼마나 많은 세월을
쓸데없는 괴로움으로만 보내었겠습니까!

오늘은 또다시, 당신의 가슴속, 속 모를 곳을
울면서 나는 휘저어버리고 떠납니다그려.

허수한 맘, 둘 곳 없는 심사에 쓰라린 가슴은
그것이 사랑, 사랑이던 줄이 아니도 잊힙니다.

45

자나 깨나 앉으나 서나

가는 봄 삼월

가는 봄 삼월, 삼월은 삼질
강남 제비도 안 잊고 왔는데.
아무렴은요
쉽게 이때는 못 잊게, 그리워.

잊으시기야, 했으랴, 하마 어느새,
님 부르는 꾀꼬리 소리.
울고 싶은 바람은 점도록 부는데
설리도 이때는
가는 봄 삼월, 삼월은 삼질.

풀 따기

우리 집 뒷산에는 풀이 푸르고
숲 사이의 시냇물, 모래 바닥은
파아란 풀 그림자, 떠서 흘러요.

그리운 우리 님은 어디 계신고
날마다 피어나는 우리 님 생각.
날마다 뒷산에 홀로 앉아서
날마다 풀을 따서 물에 던져요.

흘러가는 시내의 물에 흘러서
내어던진 풀잎은 엷게 떠갈 제
물살이 헤적헤적 품을 헤쳐요.

그리운 우리 님은 어디 계신고.
가엾은 이내 속을 둘 곳 없어서
날마다 풀을 따서 물에 던지고
흘러가는 잎이나 맘해보아요.*

• 맘해보아요 : 마음에 두어 보아요.

그리워

봄이 다 가기 전,
이 꽃이 다 흗기 전,
그린 님 오실까구
뜨는 해 지기 전에.

엷게 흰 안개 새에
바람은 무겁거니,
밤샌 달 지는 양자,
어제와 그리 같이.

붙일 길 없는 맘세,
그린 님 언제 뵐련,
우는 새 다음 소린,
늘 함께 듣사오면.

53

그리워

가는 길

그립다
말을 할까
하니 그리워

그냥 갈까
그래도
다시 더 한 번……

저 산에도 까마귀, 들에 까마귀,
서산에는 해 진다고
지저귑니다.

앞 강물, 뒷 강물,
흐르는 물은
어서 따라오라고 따라가자고
흘러도 연달아 흐릅디다려.

55

가는 길

님의 노래

그리운 우리 님의 맑은 노래는
언제나 제 가슴에 젖어 있어요

긴 날을 문밖에서 서서 들어도
그리운 우리 님의 고운 노래는
해 지고 저물도록 귀에 들려요
밤들고 잠들도록 귀에 들려요

고이도 흔들리는 노랫가락에
내 잠은 그만이나 깊이 들어요
고적한 잠자리에 홀로 누워도
내 잠은 포스근히 깊이 들어요

그러나 자다 깨면 님의 노래는
하나도 남김없이 잃어버려요
들으면 듣는 대로 님의 노래는
하나도 남김없이 잊고 말아요

분(粉) 얼굴

불빛에 떠오르는 새뽀얀 얼굴,
그 얼굴이 보내는 호젓한 냄새,
오고 가는 입술의 주고받는 잔(盞),
가느스름한 손길은 아른대어라.

검으스러하면서도 붉으스러한
어렴풋하면서도 다시 분명한
줄 그늘 위에 그대의 목소리,
달빛이 수풀 위를 떠 흐르는가.

그대하고 나하고 또는 그 계집
밤에 노는 세 사람, 밤의 세 사람,
다시금 술잔 위의 긴 봄밤은
소리도 없이 창밖으로 새어 빠져라

59

분(粉) 얼굴

동경하는 여인

너의 붉고 부드러운
그 입술에보다
너의 아름답고 깨끗한
그 혼에다
나는 뜨거운 키스를……
내 생명의 굳센 운율은
너의 조그마한 마음속에서
끊임없이 움직인다.

61

동경하는 여인

외로운 무덤

그대 가자 맘속에 생긴 이 무덤
봄은 와도 꽃 하나 안 피는 무덤.

그대 간 지 십 년에 뭐라 못 잊고
제철마다 이다지 생각 새론고.

때 지나면 모두 다 잊는다 하나
어제런 듯 못 잊을 서러운 그 옛날.

안타까운 이 심사 둘 곳이 없어
가슴 치며 눈물로 봄을 맞노라.

63
외로운 무덤

불운에 우는 그대여

불운에 우는 그대여, 나는 아노라
무엇이 그대의 불운을 지었는지도,
부는 바람에 날려,
밀물에 흘러,
굳어진 그대의 가슴속도.
모두 지나간 나의 일이면.
다시금 또 다시금
적황(赤黃)의 포말(泡沫)은 북고여라, 그대의 가슴속의
암청(暗靑)의 이끼여, 거치른 바위
치는 물가의.

전망(展望)

부연 하늘, 날도 채 밝지 않았는데,
흰 눈이 우멍구멍 쌓인 새벽,
저 남편(南便) 물가 위에
이상한 구름은 층층대 떠올라라.

마을 아기는
무리 지어 서제(書齊)로 올라들 가고,
시집살이하는 젊은이들은
가끔가끔 우물길 나들어라.

전망(展望)

소삭(簫索)한 난간 위를 거닐며
내가 볼 때 온 아침, 내 가슴의,
좁혀 옮긴 그림장(張)이 한 옆을,
한갓 더운 눈물로 어룽지게.

어깨 위에 총(銃) 멘 사냥바치
반백의 머리털에 바람 불며
한 번 달음박질. 올 길 다 왔어라.
흰 눈이 만산편야(滿山遍野) 쌓인 아침.

전망(展望)

엄마야 누나야

엄마야 누나야 강변 살자,
뜰에는 반짝이는 금모래 빛,
뒷문 밖에는 갈잎의 노래
엄마야 누나야 강변 살자.

71

엄마야 누나야

님에게

한때는 많은 날을 당신 생각에
밤까지 새운 일도 없지 않지만
아직도 때마다는 당신 생각에
추거운 베갯가의 꿈은 있지만

낯모를 딴 세상의 네 길거리에
애달피 날 저무는 갓 스물이요
캄캄한 어두운 밤 들에 헤매도
당신은 잊어버린 설움이외다

당신을 생각하면 지금이라도
비 오는 모래밭에 오는 눈물의
추거운 베갯가의 꿈은 있지만
당신은 잊어버린 설움이외다

73

님에게

초혼(招魂)

산산이 부서진 이름이여!
허공중에 헤어진 이름이여!
불러도 주인 없는 이름이여!
부르다가 내가 죽을 이름이여!

심중에 남아 있는 말 한마디는
끝끝내 마저 하지 못하였구나.
사랑하던 그 사람이여!
사랑하던 그 사람이여!

붉은 해는 서산 마루에 걸리었다.
사슴이의 무리도 슬피 운다.
떨어져 나가 앉은 산 위에서
나는 그대의 이름을 부르노라.

설움에 겹도록 부르노라.
설움에 겹도록 부르노라.
부르는 소리는 비껴가지만
하늘과 땅 사이가 너무 넓구나.

선 채로 이 자리에 돌이 되어도
부르다가 내가 죽을 이름이여!
사랑하던 그 사람이여!
사랑하던 그 사람이여!

먼 후일

먼 훗날 당신이 찾으시면
그 때에 내말 "잊었노라"

당신이 속으로 나무라면
"무척 그리다가 잊었노라"

그래도 당신이 나무라면
"믿기지 않아서 잊었노라"

오늘도 어제도 아니 잊고
먼 훗날 그때에 "잊었노라"

오시는 눈

땅 위에 새하얗게 오시는 눈.
기다리는 날에는 오시는 눈.
오늘도 저 안 온 날 오시는 눈.
저녁불 켤 때마다 오시는 눈.

81

오시는 눈

바다가 변하여 뽕나무 밭 된다고

걷잡지 못할 만한 나의 이 설움,
저무는 봄 저녁에 져가는 꽃잎,
져가는 꽃잎들은 나부끼어라.
예로부터 일러 오며 하는 말에도
바다가 변하여 뽕나무 밭 된다고.
그러하다, 아름다운 청춘의 때에
있다던 온갖 것은 눈에 설고
다시금 낯모르게 되나니,
보아라, 그대여, 서럽지 않은가,
봄에도 삼월의 져가는 날에
붉은 피같이도 쏟아쳐 내리는
저기 저 꽃잎들을, 저기 저 꽃잎들을.

83

바다가 변하여 뽕나무 밭 된다고

나의 집

들가에 떨어져 나가 앉은 멧기슭의
넓은 바다의 물가 뒤에,
나는 지으리, 나의 집을,
다시금 큰길을 앞에다 두고.
길로 지나가는 그 사람들은
제각기 떨어져서 혼자 가는 길.
하얀 여울턱에 날은 저물 때.
나는 문간에 서서 기다리리
새벽 새가 울며 지새는 그늘로
세상은 희게, 또는 고요하게,
번쩍이며 오는 아침부터,
지나가는 길손을 눈여겨보며,
그대인가고, 그대인가고.

85

나의 집

맘에 속의 사람

잊힐 듯이 볼 듯이 늘 보던 듯이
그립기도 그리운 참말 그리운
이 나의 맘에 속에 속 모를 곳에
늘 있는 그 사람을 내가 압니다.

언제도 언제라도 보기만 해도
다시없이 살뜰한 그 내 사람은
한두 번만 아니게 본 듯하여서
나자부터 그리운 그 사람이요

남은 다 어림없다 이를지라도
속에 깊이 있는 것, 어찌하는가.
하나 진작 낯모를 그 내 사람은
다시없이 알뜰한 그 내 사람은……

나를 못 잊어하여 못 잊어하여
애타는 그 사랑이 눈물이 되어,
한끝 만나리 하는 내 몸을 가져
몹쓸음을 둔 사람, 그 나의 사람?

깊고 깊은 언약

몹쓸 꿈을 깨어 돌아누울 때,
봄이 와서 멧나물* 돋아나올 때,
아름다운 젊은이 앞을 지날 때,
잊어버렸던 듯이 저도 모르게,
얼결**에 생각나는 깊고 깊은 언약

• 멧나물 : 산나물.
•• 얼결 : 엉겁결. 갑자기, 얼떨결.

91
깊고 깊은 언약

예전엔 미처 몰랐어요

봄 가을 없이 밤마다 돋는 달도
“예전엔 미처 몰랐어요”

이렇게 사무치게 그리울 줄도
“예전엔 미처 몰랐어요”

달이 암만 밝아도 쳐다볼 줄을
“예전엔 미처 몰랐어요”

이제금 저 달이 설움인 줄은
“예전엔 미처 몰랐어요”

꿈꾼 그 옛날

밖에는 눈, 눈이 와라,
고요히 창 아래로는 달빛이 들어라.
어스름 타고서 오신 그 여자는
내 꿈의 품속으로 들어와 안겨라.

나의 베개는 눈물로 함빡이 젖었어라.
그만 그 여자는 가고 말았느냐.
다만 고요한 새벽, 별 그림자 하나가
창 틈을 엿보아라.

95

꿈꾼 그 옛날

눈 오는 저녁

바람 자는 이 저녁
흰 눈은 퍼붓는데
무엇 하고 계시노
같은 저녁 금년은……

꿈이라도 꾸면은!
잠들면 만날런가.
잊었던 그 사람은
흰눈 타고 오시네.

저녁때, 흰 눈은 퍼부어라.

97

눈 오는 저녁

담배

나의 긴 한숨을 동무하는
못 잊게 생각나는 나의 담배!
내력을 잊어버린 옛 시절에
났다가 새 없이 몸이 가신
아씨님 무덤 위의 풀이라고
말하는 사람도 보았어라.
어물어물 눈앞에 스러지는 검은 연기,
다만 타붙고 없어지는 불꽃.
아 나의 괴로운 이 맘이여.
나의 하염없이 쓸쓸한 많은 날은
너와 한가지로 지나가라.

99
담배

비단안개

눈들이 비단안개에 둘리울 때,
그때는 차마 잊지 못할 때러라.
만나서 울던 때도 그런 날이요,
그리워 미친 날도 그런 때러라.

눈들이 비단안개에 둘리울 때,
그때는 홀목숨은 못 살 때러라.
눈 풀리는 가지에 당치마귀로
젊은 계집 목매고 달릴 때러라.

눈들이 비단안개에 둘리울 때,
그때는 종달새 솟을 때러라.
들에랴, 바다에랴, 하늘에서랴,
아지 못할 무엇에 취할 때러라.

눈들이 비단안개에 둘리울 때,
그때는 차마 잊지 못할 때러라,
첫사랑 있던 때도 그런 날이요,
영이별 있던 날도 그런 때러라.

님과 벗

벗은 설움에서 반갑고
님은 사랑에서 좋아라.
딸기꽃 피어서 향기로운 때를
고초(苦草)의 붉은 열매 익어가는 밤을
그대여, 부르라, 나는 마시리.

잊었던 맘

집을 떠나 먼 저곳에
외로이도 다니던 내 심사를!
바람 불어 봄꽃이 필 때에는,
어찌타 그대는 또 왔는가,
저도 잊고 나니 저 모르던 그대
어찌하여 옛날의 꿈조차 함께 오는가.
쓸데도 없이 서럽게만 오고 가는 맘.

강촌(江村)

날 저물고 돋는 달에
흰 물은 솰솰……
금모래 반짝…….
청노새 몰고 가는 낭군!
여기는 강촌
강촌에 내 몸은 홀로 사네.
말하자면, 나도 나도
늦은 봄 오늘이 다 진(盡)토록
백년처권(百年妻眷)을 울고 가네.
길세 저문 나는 선비,
당신은 강촌에 홀로된 몸.

109

강촌(江村)

꽃촉(燭)불 켜는 밤

꽃촉불 켜는 밤, 깊은 골방에 만나라.
아직 젊어 모를 몸, 그래도 그들은
해 달같이 밝은 맘, 저저마다 있노라.
그러나 사랑은 한두 번만 아니라, 그들은 모르고.

꽃촉불 켜는 밤, 어스러한 창 아래 만나라.
아직 앞길 모를 몸, 그래도 그들은
솔대같이 굳은 맘, 저저마다 있노라.
그러나 세상은, 눈물 날 일 많아라, 그들은 모르고.

맘에 있는 말이라고 다 할까 보냐

하소연하며 한숨을 지으며
세상을 괴로워하는 사람들이여!
말을 나쁘지 않도록 좋게 꾸밈은
닳아진 이 세상의 버릇이라고, 오오 그대들!
맘에 있는 말이라고 다 할까 보냐.
두세 번 생각하라, 위선(爲先) 그것이
저부터 밑지고 들어가는 장사일진댄.
사는 법이 근심은 못 가른다고,
남의 설움을 남은 몰라라.

113

맘에 있는 말이라고 다 할까 보냐

말 마라, 세상, 세상 사람은
세상에 좋은 이름 좋은 말로써
한 사람을 속옷마저 벗긴 뒤에는
그를 네 길거리에 세워놓아라, 장승도 마찬가지.
이 무슨 일이냐, 그날로부터,
세상 사람들은 제가끔 제 비위의 헐한 값으로
그의 몸값을 매매하자고 덤벼들어라.
오오 그러면, 그대들은 이후에라도
하늘을 우러르라, 그저 혼자, 섧거나 괴롭거나.

115

맘에 있는 말이라고 다 할까 보냐

옛이야기

고요하고 어두운 밤이 오면은
어스레한 등불에 밤이 오면은
외로움에 아픔에 다만 혼자서
하염없는 눈물에 저는 웁니다

제 한 몸도 예전엔 눈물 모르고
조그마한 세상을 보냈습니다
그때는 지난날의 옛이야기도
아무 설움 모르고 외웠습니다

그런데 우리 님이 가신 뒤에는
아주 저를 버리고 가신 뒤에는
전날에 제게 있던 모든 것들이
가지가지 없어지고 말았습니다

그러나 그 한때에 외워두었던
옛이야기뿐만은 남았습니다
나날이 짙어가는 옛이야기는
부질없이 제 몸을 울려줍니다

귀뚜라미

산바람 소리.
찬 비 뜯는 소리.
그대가 세상 고락 말하는 날 밤에,
순막집 불도 지고 귀뚜라미 울어라.

그를 꿈꾼 밤

야밤중 불빛이 발갛게
어렴풋이 보여라.

들리는 듯, 마는 듯,
발자국 소리.
스러져가는 발자국 소리.

아무리 혼자 누워 몸을 뒤쳐도
잃어버린 잠은 다시 안 와라.

야밤중, 불빛이 발갛게
어렴풋이 보여라.

123

그를 꿈꾼 밤

꿈으로 오는 한 사람

나이 차지면서 가지게 되었노라
숨어 있던 한 사람이, 언제나 나의,
다시 깊은 잠 속의 꿈으로 와라
불그레한 얼굴에 가늣한 손가락의,
모르는 듯한 거동도 전날의 모양대로
그는 야젓이 나의 팔 위에 누워라
그러나, 그래도 그러나!
말할 아무것이 다시 없는가!
그냥 먹먹할 뿐, 그대로
그는 일어라. 닭의 홰치는 소리.
깨어서도 늘, 길거리엣 사람을
밝은 대낮에 빗보고는 하노라.

125

꿈으로 오는 한 사람

산유화

산에는 꽃 피네
꽃이 피네
갈 봄 여름 없이
꽃이 피네

산에
산에
피는 꽃은
저만치 혼자서 피어 있네

산에서 우는 작은 새요
꽃이 좋아
산에서
사노라네

산에는 꽃 지네
꽃이 지네
갈 봄 여름 없이
꽃이 지네

구름

저기 저 구름을 잡아타면
붉게도 피로 물든 저 구름을,
밤이면 새카만 저 구름을.
잡아타고 내 몸은 저 멀리로
구만 리 긴 하늘을 날아 건너
그대 잠든 품속에 안기렸더니,
애스러라, 그리는 못한대서,
그대여, 들으라 비가 되어
저 구름이 그대한테로 내리거든,
생각하라, 밤저녁, 내 눈물을.

131

구름

희망

날은 저물고 눈이 내려라
낯선 물가로 내가 왔을 때.
산속의 올빼미 울고 울며
떨어진 잎들은 눈 아래로 깔려라.

아아 숙살(肅殺)스러운 풍경이여
지혜의 눈물을 내가 얻을 때!
이제금 알기는 알았건마는!
이 세상 모든 것을
한갓 아름다운 눈어림의
그림자뿐인 줄을.

이우러 향기 깊은 가을밤에
우무주러진 나무 그림자
바람과 비가 우는 낙엽 위에.

133

희망

춘향과 이 도령

평양에 대동강은
우리나라에
곱기로 으뜸가는 가람이지요

삼천리 가다가다 한가운데는
우뚝한 삼각산이
솟기도 했소

그래 옳소 내 누님, 오오 내 누이님
우리 나라 섬기던 한 옛적에는
춘향과 이 도령도 살았다지요

이편에는 함양, 저편에 담양,
꿈에는 가끔가끔 산을 넘어
오작교 찾아 찾아 가기도 했소

그래 옳소 누이님 오오 내 누님
해 돋고 달 돋아 남원 땅에는
성춘향 아가씨가 살았다지요

가을 아침에

아득한 퍼스레한 하늘 아래서
회색의 지붕들은 번쩍거리며,
성깃한 섶나무의 드문 수풀을
바람은 오다가다 울며 만날 때,
보일락 말락 하는 멧골에서는
안개가 어스러히 흘러 쌓여라.

아아 이는 찬비 온 새벽이러라.
냇물도 잎새 아래 얼어붙누나.
눈물에 싸여 오는 모든 기억은
피 흘린 상처조차 아직 새로운
가주 난 아기같이 울며 서두는
내 영(靈)을 에워싸고 속살거려라.

"그대의 가슴속이 가비얍던 날
그리운 한 때는 언제였었노!"
아아 어루만지는 고운 그 소리
쓰라린 가슴에서 속살거리는,
미움도 부끄러움도 잊은 소리에,
끝없이 하염없이 나는 울어라.

가을 저녁에

물은 희고 길구나 하늘보다도.
구름은 붉구나, 해보다도.
서럽다, 높아가는 긴 들 끝에
나는 떠돌며 울며 생각한다, 그대를.

그늘 깊이 오르는 발 앞으로
끝없이 나아가는 길은 앞으로.
키 높은 나무 아래로, 물 마을은
성깃한 가지가지 새로 떠오른다.

그 누가 온다고 한 언약도 없건마는!
기다려볼 사람도 없건마는!
나는 오히려 못물가를 싸고 떠돈다.
그 못물로는 놀이 잦을 때.

141

가을 저녁에

산

산새도 오리나무
위에서 운다
산새는 왜 우노, 시메산골
영(嶺) 넘어갈라고 그래서 울지.

눈은 내리네, 와서 덮이네.
오늘도 하룻길
칠팔십 리
돌아서서 육십 리는 가기도 했소.

불귀(不歸), 불귀, 다시 불귀,
삼수갑산에 다시 불귀.
사나이 속이라 잊으련만,
십오 년 정분을 못 잊겠네

산에는 오는 눈, 물에는 녹는 눈.
산새도 오리나무
위에서 운다.
삼수갑산 가는 길은 고개의 길.

두 사람

흰눈은 한 잎

또 한 잎

영(嶺) 기슭을 덮을 때.

짚신에 감발하고 길심매고

우뚝 일어나면서 돌아서도……

다시금 또 보이는

다시금 또 보이는.

147
두 사람

부모

낙엽이 우수수 떨어질 때,
겨울의 기나긴 밤,
어머님하고 둘이 앉아
옛이야기 들어라.

나는 어쩌면 생겨 나와
이 이야기 듣는가?
묻지도 말아라, 내일 날에
내가 부모 되어서 알아보랴?

만나려는 심사(心思)

저녁 해는 지고서 어스름의 길,

저 먼 산엔 어두워 잃어진 구름,

만나려는 심사는 웬 셈일까요,

그 사람이야 올 길 바이없는데,

발길은 누 마중을 가잔 말이냐.

하늘엔 달 오르며 우는 기러기.

바다

뛰노는 흰 물결이 일고 또 잦는
붉은 풀이 자라는 바다는 어디

고기잡이꾼들이 배 위에 앉아
사랑 노래 부르는 바다는 어디

파랗게 좋이 물든 남(藍)빛 하늘에
저녁놀 스러지는 바다는 어디

곳 없이 떠다니는 늙은 물새가
떼를 지어 좇니는 바다는 어디

건너서서 저편은 딴 나라이라
가고 싶은 그리운 바다는 어디

153

바다

붉은 조수(潮水)

바람에 밀려드는 저 붉은 조수
저 붉은 조수가 밀어 들 때마다
나는 저 바람 위에 올라서서
푸릇한 구름의 옷을 입고
불 같은 저 해를 품에 안고
저 붉은 조수와 나는 함께
뛰놀고 싶구나, 저 붉은 조수와.

개여울의 노래

그대가 바람으로 생겨났으면!
달 돋는 개여울의 빈 들 속에서
내 옷의 앞자락을 불기나 하지.

우리가 굼벵이로 생겨났으면!
비 오는 저녁 캄캄한 영 기슭의
미욱한 꿈이나 꾸어보지.

만일에 그대가 바다 난끝의
벼랑에 돌로나 생겨났다면,
둘이 안고 굴며 떨어나 지지.

만일에 나의 몸이 불귀신(鬼神)이면
그대의 가슴속을 밤도아 태워
둘이 함께 재 되어 스러지지.

기억

달 아래 시멋 없이[*] 섰던 그 여자,

서 있던 그 여자의 해쓱한 얼굴,

해쓱한 그 얼굴 적이[**] 파릇함.

다시금 실뻗듯한 가지 아래서

시커먼 머릿길[***]은 번쩍거리며.

다시금 하룻밤의 식는 강(江)물을,

평양의 긴 단장[****]은 슷고[*****] 가던 때.

오오 그 시멋 없이 섰던 여자여!

기억

그립다 그 한밤을 내게 가깝던

그대여 꿈이 깊던 그 한동안을

슬픔에 귀여움에 다시 사랑의

눈물에 우리 몸이 맡기었던 때.

다시금 고즈넉한 성 밖 골목의

사월의 늦어가는 뜬눈의 밤을

한두 개 등불 빛은 울어 새던 때.

오오 그 시멋 없이 섰던 여자여!

• 시멋 없이 : 생각없이 멍하니.

• • 적이 : 적잖이. 얼마간.

• • • 머릿길 : 머리카락.

• • • • 단장 : 나지막한 담.

• • • • • 슷고 : 스치다.

161

기억

널

성촌(城村)의 아가씨들
널뛰노나
초파일 날이라고
널을 뛰지요

바람 불어요
바람이 분다고!
담 안에는 수양의 버드나무
채색 줄 층층 그네 매지를 말아요

담 밖에는 수양의 늘어진 가지
늘어진 가지는
오오 누나!
휘젓이 늘어져서 그늘이 깊소

좋다 봄날은
몸에 겹지*
널 뛰는 성촌의 아가씨네들
널은 사랑의 버릇이라오

---

* 겹지 : 겹다(정도가 지나쳐 배겨내기 어려운 기분. 북받쳐 누를 수 없는 감정 상태를 나타내는 말)의 활용형.

몹쓸 꿈

봄 새벽의 몹쓸 꿈
깨고 나면!
우짖는 까막까치, 놀라는 소리,
너희들은 눈에 무엇이 보이느냐.

봄철의 좋은 새벽, 풀이슬 맺혔어라.
볼지어다, 세월은 도무지 편안한데,
두새없는 저 까마귀, 새들게 우짖는 저 까치야,
나의 흉한 꿈 보이느냐?

고요히 또 봄바람은 봄의 빈 들을 지나가며,
이윽고 동산에서는 꽃잎들이 흩어질 때,
말 들어라, 애틋한 이 여자야, 사랑의 때문에는
모두 다 사나운 조짐(兆朕)인 듯, 가슴을 뒤노아라.

부귀공명(富貴功名)

거울 들어 마주 온 내 얼굴을
좀 더 미리부터 알았던들,
늙는 날 죽는 날을
사람은 다 모르고 사는 탓에,
오오 오직 이것이 참이라면
그러나 내 세상이 어디인지?
지금부터 두여덟 좋은 연광(年光)
다시 와서 내게도 있을 말로
전보다 좀 더 전보다 좀 더
살음즉이 살는지 모르련만.
거울 들어 마주 온 내 얼굴을
좀 더 미리부터 알았던들!

부부

오오 아내여, 나의 사랑!
하늘이 묶어준 짝이라고
믿고 살음이 마땅치 아니한가.
아직 다시 그러랴, 안 그러랴?
이상하고 별나운 사람의 맘,
저 몰라라, 참인지, 거짓인지?
정분으로 얽은 딴 두 몸이라면.
서로 어그점인들 또 있으랴.
한평생이라도 반백 년
못 사는 이 인생에!
연분의 긴 실이 그 무엇이랴?
나는 말하려노라, 아무려나,
죽어서도 한 곳에 묻히더라.

171

부부

엄숙

나는 혼자 뫼 위에 올랐어라.

솟아 퍼지는 아침 햇볕에

풀잎도 번쩍이며

바람은 속삭여라.

그러나

아아 내 몸의 상처받은 맘이여

맘은 오히려 저프고* 아픔에 고요히 떨려라

또 다시금 나는 이 한때에

사람에게 있는 엄숙을 모두 느끼면서.

• 저프고 : 저프다('두렵다'를 옛스럽게 이르는 말)의 활용형.

산 위에

산 위에 올라서서 바라다보면
가로막힌 바다를 마주 건너서
님 계시는 마을이 내 눈앞으로
꿈 하늘 하늘같이 떠오릅니다

흰모래 모래 비낀 선창가에는
한가한 뱃노래가 멀리 잦으며
날 저물고 안개는 깊이 덮여서
흩어지는 물꽃뿐 안득입니다

이윽고 밤 어두운 물새가 울면
물결조차 하나 둘 배는 떠나서
저 멀리 한바다로 아주 바다로
마치 가랑잎같이 떠나갑니다

175

산 위에

나는 혼자 산에서 밤을 새우고
아침 해 붉은 볕에 몸을 씻으며
귀 기울고 솔깃이 엿듣노라면
님 계신 창 아래로 가는 물노래

흔들어 깨우치는 물노래에는
내 님이 놀라 일어나 찾으신대도
내 몸은 산 위에서 그 산 위에서
고이 깊이 잠들어 다 모릅니다

산 위에

새벽

낙엽이 발이 숨는 못물가에
우뚝우뚝한 나무 그림자
물빛조차 어슴푸레히 떠오르는데,
나 혼자 섰노라, 아직도 아직도,
동녘 하늘은 어두운가.
천인에도 사랑 눈물, 구름 되어,
외로운 꿈의 베개, 흐렸는가
나의 님이여, 그러나 그러나
고이도 붉그스레 물 질러 와라
하늘 밟고 저녁에 섰는 구름.
반달은 중천에 지새 때.

설움의 덩이

꿇어앉아 올리는 향로의 향불.
내 가슴에 조그만 설움의 덩이.
초닷새 달 그늘에 빗물이 운다.
내 가슴에 조그만 설움의 덩이.

여수(旅愁)

1

유월(六月) 어스름 때의 빗줄기는

암황색의 시골(屍骨)* 을 묶어 세운 듯,

뜨며 흐르며 잠기는 손의 널쪽** 은

지향도 없어라, 단청(丹靑)의 홍문(紅門)*** !

2

저 오늘도 그리운 바다,

건너다보자니 눈물겨워라!

조그마한 보드라운 그 옛적 심정의

분결 같던 그대의 손의

사시나무****보다도 더한 아픔이

내 몸을 에워싸고 휘떨며 찔러라,

나서 자란 고향의 해 돋는 바다요.

---

* 시골(屍骨) : 죽은 사람의 뼈.

** 널쪽 : 홍살문의 붉은 살을 표현한 대목인 듯함.

*** 홍문(紅門) : 홍살문의 준말. 능(陵), 원(園), 묘(廟), 궁전(宮殿) 등의 정면에 세웠던 붉은 색칠을 한 문. 지붕 없이 둥근 기둥 두 개를 세우고 붉은 살을 박았다.

**** 사시나무 : 백양(白楊). 버드나무과의 낙엽 활엽 교목. 산 중턱 밑의 화전(火田) 터에 많이 있다.

여수(旅愁)

우리 집

이바루*

외따로 와 지나는 사람 없으니

"밤 자고 가자" 하며 나는 앉아라.

저 멀리, 하늬편(便)**에

배는 떠나 나가는

노래 들리며

눈물은

흘러내려라

스르르 내려 감는 눈에.

꿈에도 생시에도 눈에 선한 우리 집

또 저 산 넘어 넘어

구름은 가라.

---

* 이바루 : 이 정도(일정한 정도의 거리나, 대략적인 거리의 정도를 지칭하는 말. 평북 방언).

** 하늬편(便) : 서쪽.

185

우리 집

원앙침

바드득 이를 갈고
죽어 볼까요
창가에 아롱아롱
달이 비친다

눈물은 새우잠의
팔굽 베개요
봄 꿩은 잠이 없어
밤에 와 운다.

두동달이베개는
어디 갔는고
언제는 둘이 자던 베갯머리에
"죽자 사자" 언약도 하여보았지.

봄 메의 멧기슭에
우는 접동도
내 사랑 내 사랑
좋이 울것다.

두동달이베게는
어디 갔는고
창가에 아롱아롱
달이 비친다.

월색(月色)

달빛은 밝고 귀뚜라미 울 때는
우두키 시멋 없이 잡고 섰던 그대를
생각하는 밤이여, 오오 오늘 밤
그대 찾아 데리고 서울로 가나?

자주(紫朱) 구름

물 고운 자주(紫朱) 구름,

하늘은 개어오네.

밤중에 몰래 온 눈

솔숲에 꽃피었네.

아침 볕 빛나는데

알알이 뛰노는 눈

밤새에 지난 일은……

다 잊고 바라보네.

움직거리는 자주 구름.

첫 치마

봄은 가나니 저문 날에,

꽃은 지나니 저문 봄에,

속없이 우나니, 지는 꽃을,

속없이 느끼나니 가는 봄을.

꽃 지고 잎 진 가지를 잡고

미친 듯 우나니, 집난이*는

해 다 지고 저문 봄에

허리에도 감은 첫 치마를 눈물로 함빡히** 쥐어짜며

속없이 우노나 지는 꽃을,

속없이 느끼노나, 가는 봄을.

• 집난이 : 시집간 딸.

•• 함빡히 : 함빡. 흠뻑의 작은 말.

합장

나들이. 단 두 몸이라. 밤빛은 배어와라.

아, 이거 봐, 우거진 나무 아래로 달 들어라.

우리는 말하며 걸었어라, 바람은 부는 대로.

등불 빛에 거리는 헤적여라*, 희미한 하늬편(便)에

고이 밝은 그림자 아득이고

퍽도 가까운, 풀밭에서 이슬이 번쩍여라.

밤은 막 깊어, 사방은 고요한데,

이마즉**, 말도 안 하고, 더 안 가고,

길가에 우두커니. 눈 감고 마주 서서.

먼먼 산. 산 절의 절 종소리. 달빛은 지새어라.

---

* 헤적여라 : 헤적거리는.
** 이마즉 : 아마직. 거리의 정도를 나타내는 이만큼의 약한 말인 이마큼에 해당한다.

황촉(黃燭)불

황촉불*, 그저도 까맣게
스러져가는 푸른 창을 기대고
소리조차 없는 흰 밤에,
나는 혼자 거울에 얼굴을 묻고
뜻 없이 생각 없이 들여다보노라.
나는 이르노니, "우리 사람들
첫날밤은 꿈속으로 보내고
죽음은 조는 동안에 와서,
별 좋은 일도 없이 스러지고 말어라."

---

* 황촉(黃燭)불 : 밀초불. 밀랍으로 만든 초에 켜진 불.

199

황촉(黃燭)불

고적한 날

당신님의 편지를
받은 그날로
서러운 풍설이 돌았습니다.

물에 던져달라고 하신 그 뜻은
언제나 꿈꾸며 생각하라는
그 말씀인 줄 압니다.

흘려 쓰신 글씨나마
언문 글자로
눈물이라고 적어 보내셨지요.

물에 던져달라고 하신 그 뜻은
뜨거운 눈물 방울방울 흘리며,
맘 곱게 읽어달라는 말씀이지요.

꿈길

물구슬의 봄 새벽 아득한 길
하늘이며 들 사이에 넓은 숲
젖은 향기 불긋한 잎 위의길
실그물의 바람 비쳐 젖은 숲
나는 걸어가노라 이러한 길
밤저녁의 그늘진 그대의 꿈
흔들리는 다리 위 무지개 길
바람조차 가을 봄 걷히는 꿈

기회

강 위에 다리는 놓였던 것을!
건너가지 않고서 바재는 동안
'때'의 거친 물결은 볼 새도 없이
다리를 무너치고 흘렀습니다.

먼저 건넌 당신이 어서 오라고
그만큼 부르실 때 왜 못갔던가!
당신과 나는 그만 이편저편서.
때때로 울며 바랄 뿐입니다려.

205

기회

밤

홀로 잠들기가 참말 외로워요
맘에는 사무치도록 그리워요
이리도 무던히
아주 얼굴조차 잊힐 듯해요.

벌써 해가 지고 어두운데요.
이곳은 인천에 제물포, 이름난 곳,
부슬부슬 오는 비에 밤이 더디고
바닷바람이 춥기만 합니다.

다만 고요히 누워 들으면
다만 고요히 누워 들으면
하이얗게 밀어 드는 봄 밀물이
눈앞을 가로막고 흐느낄 뿐이에요.

바라건대는 우리에게
우리의 보습 대일 땅이 있었더면

나는 꿈꾸었노라, 동무들과 내가 가지런히
벌 가의 하루 일을 다 마치고
석양에 마을로 돌아오는 꿈을,
즐거이, 꿈 가운데.

그러나 집 잃은 내 몸이여,
바라건대는 우리에게 우리의 보습 대일 땅이 있었더면!
이처럼 떠돌으랴, 아침에 저물 손에
새라 새로운 탄식을 얻으면서.

동이랴, 남북이랴,
내 몸은 떠가나니, 볼지어다.
희망의 반짝임은, 별빛이 아득함은,
물결뿐 떠올라라, 가슴에 팔다리에.

그러나 어쩌면 황송한 이 심정을! 날로 나날이 내 앞에는
자칫 가늘은 길이 이어가라. 나는 나아가리라.
한 걸음, 또 한 걸음. 보이는 산비탈엔
온 새벽 동무들, 저 저 혼자 …… 산경(山耕)을 김매이는.

천리만리

말리지 못할 만치 몸부림하며
마치 천리만리나 가고도 싶은
맘이라고나 하여볼까.
한 줄기 쏜살같이 벋은 이 길로
줄곧 치달아 올라가면
불붙는 산의, 불붙는 산의
연기는 한두 줄기 피어올라라.

213

천리만리

추회(追悔)

나쁜 일까지라도 생의 노력,

그 사람은 선사(善事)도 하였어라

그러나 그것도 허사(虛事)라고!

나 역시 알지마는, 우리들은

끝끝내 고개를 넘고 넘어

짐 싣고 닫던 말도 순막집의

허청(虛廳)가, 석양 손에

고요히 조는 한때는 다 있나니.

고요히 조는 한때는 다 있나니.

215

추회(追悔)

맘 켕기는 날

오실 날

아니 오시는 사람!

오시는 것 같게도

맘 켕기는 날!

어느덧 해도 지고 날이 저무네!

첫사랑

아까부터 노을은 오고 있었다.
내가 만약 달이 된다면
지금 그 사람의 창가에도
아마 몇 줄기는 내려지겠지

사랑하기 위하여
서로를 사랑하기 위하여
숲속의 외딴집 하나
거기 초록빛위 구구구
비둘기 산다

이제 막 장미가 시들고
다시 무슨 꽃이 피려 한다.

아까부터 노을은 오고 있었다.
산너머 갈매 하늘이
호수에 가득 담기고
아까부터 노을은 오고 있었다.

하다못해 죽어 달래가 옳나

아주 나는 바랄 것이 더 없노라
빛이랴 허공이랴,
소리만 남은 내 노래를
바람에나 띄워서 보낼밖에.
하다못해 죽어 달래가 옳나
좀 더 높은 데서나 보았으면!

한세상 다 살아도
산 뒤 없을 것을,
내가 다 아노라 지금까지
살아서 이만큼 자랐으니.
예전에 지내본 모든 일을
살았다고 이를 수 있을진댄!

221

하다못해 죽어 달래가 옳나

물가의 닳아져 널린 굴 꺼풀에
붉은 가시덤불 벋어 늙고
어둑어둑 저문 날을
비바람에 울지는 돌무더기
하다못해 죽어 달래가 옳나
밤의 고요한 때라도 지켰으면!

223

하다못해 죽어 달래가 옳나

하늘 끝

불현듯
집을 나서 산을 치달아
바다를 내다보는 나의 신세여!
배는 떠나 하늘로 끝을 가누나!

마음의 눈물

내 마음에서 눈물 난다.

뒷산에 푸르른 미류나무 잎들이 알지,

내 마음에서, 마음에서 눈물나는 줄을,

나 보고 싶은 사람, 나 한번 보게 하여 주소,

우리 작은 놈 날 보고 싶어하지,

건너집 갓난이도 날 보고 싶을 테지,

나도 보고 싶다, 너희들이 어떻게 자라는 것을.

나 하고 싶은 노릇 나 하게 하여 주소.

못 잊혀 그리운 너의 품속이여!

못 잊히고, 못 잊혀 그립길래 내가 괴로워하는 조선(朝鮮)이여.

마음에서 오늘날 눈물이 난다.

앞뒤 한길 포플러 잎들이 안다

마음속에 마음의 비가 오는 줄을,

갓난이야 갓놈아 나 바라보라

아직도 한길 위에 인기척 있나,

무엇이고 어머니 오시나 보다.

부뚜막 쥐도 이젠 달아났다.

옛 낯

생각의 끝에는 졸음이 오고
그리움 끝에는 잊음이 오나니,
그대여, 말을 말아라, 이후부터,
우리는 옛 낯 없는 설움을 모르리.

눈

새하얀 흰 눈, 가비얍게 밟을 눈.

재 같아선 날릴 듯 꺼질 듯한 눈.

바람엔 흩어져도 불길에야 녹을 눈

계집의 마음. 님의 마음.

들돌이

들꽃은
피어
흩어졌어라.

들풀은
들로 한 벌 가득히 자라 높았는데
뱀의 헐벗은 묵은 옷은
길 분전의 바람에 날아 돌아라.

저 보아, 곳곳이 모든 것은
번쩍이며 살아 있어라.
두 나래 펼쳐 떨며
소리개도 높이 떴어라.

235

들돌이

때에 이내 몸
가다가 또다시 쉬기도 하며,
숨에 찬 내 가슴은
기쁨으로 채워져 사뭇 넘쳐라.

걸음은 다시금 또 더 앞으로……

237

들돌이

여자의 냄새

푸른 구름의 옷 입은 달의 냄새.
붉은 구름의 옷 입은 해의 냄새.
아니, 땀 냄새, 때묻은 냄새,
비에 맞아 추거운 살과 옷 냄새.

푸른 바다…… 어즐이는 배……
보드라운 그리운 어떤 목숨의
조그마한 푸릇한 그무러진 영(靈)
어우러져 비끼는 살의 아우성……

239

여자의 냄새

다시는 장사(葬事) 지나간 숲속의 냄새.
유령(幽靈) 실은 널뛰는 뱃간의 냄새.
생고기의 바다의 냄새.
늦은 봄의 하늘을 떠도는 냄새.

모래 둔덕 바람은 그물 안개를 불고
먼 거리의 불빛은 달 저녁을 울어라.
냄새 많은 그 몸이 좋습니다.
냄새 많은 그 몸이 좋습니다.

241

여자의 냄새

바람과 봄

봄에 부는 바람, 바람 부는 봄,
작은 가지 흔들리는 부는 봄바람,
내 가슴 흔들리는 바람, 부는 봄,
봄이라 바람이라 이 내 몸에는
꽃이라 술잔이라 하며 우노라.

열락(悅樂)

어둡게 깊게 목멘 하늘.
꿈의 품속으로서 굴러 나오는
애달피 잠 안 오는 유령의 눈결.
그림자 검은 개버드나무에
쏟아져 내리는 비의 줄기는
흐느껴 빗기는 주문의 소리.

시커먼 머리채 풀어 헤치고
아우성 하면서 가시는 따님.
헐벗은 벌레들은 꿈틀릴 때,
흑혈(黑血)의 바다. 고목 동굴.
탁목조(啄木鳥)의
쪼아리는 소리, 쪼아리는 소리.

묵념

이슥한 밤, 밤기운 서늘할 제
홀로 창턱에 걸어앉아, 두 다리 늘이우고,
첫 머구리 소리를 들어라.
애처롭게도, 그대는 먼첨 혼자서 잠드누나.

내 몸은 생각에 잠잠할 때. 희미한 수풀로써
촌가(村家)의 액(厄)막이 제(祭) 지내는 불빛은 새어오며,
이윽고, 비난수도 머구 소리와 함께 잦아져라.
가득히 차오는 내 심령은…… 하늘과 땅 사이에.

나는 무심히 일어 걸어 그대의 잠든 몸 위에 기대어라
움직임 다시 없이, 만뢰(萬籟)는 구적(俱寂)한데,
조요(照耀)히 내려 비추는 별빛들이
내 몸을 이끌어라, 무한히 더 가깝게.

묵념